作者：衛斯理
文字整理：耿啟文
繪畫：鄺志德

衛斯理
親自演繹衛斯理

老少咸宜的新作

寫了幾十年的小說，從來沒想過讀者的年齡層，直到出版社提出可以有少年版，才猛然省起，讀者年齡不同，對文字的理解和接受能力，也有所不同，確然可以將少年作特定對象而寫作。然本人年邁力衰，且不是所長，就由出版社籌劃。經蘇惠良老總精心處理，少年版面世。讀畢，大是嘆服，豈止少年，直頭老少咸宜，舊文新生，妙不可言，樂為之序。

倪匡　2018.10.11　香港

目
錄

主要登場角色

第一章

三千段影片

《探險》這個故事，更像是「探秘」，是追查一個極大的秘密，當中牽涉甚廣，橫跨三代，關乎不少人過往的一些驚險遭遇。而這時我和白素已經是中年了。

整個「探秘」的過程錯綜複雜，可以先從一個女野人「紅綾」説起，這個女野人是我和白素早前去苗疆，在機緣巧合下救了溫寶裕時所發現的，那段經歷我將來會在其他的故事裏再敘述。

「紅綾」是苗語的發音，意思是半人半獸的怪物。我們最初見到她時，她全身長着又亂又長的深棕色毛髮，

連臉上也長了毛，高鼻，還有一張十分寬闊的嘴巴，活像一頭猿猴。可是，她的**嘴唇**卻又似人類，而且身上套着一件十分殘破的苗族傳統裙子。

不知道是什麼原因，白素與紅綾十分投契，甚至決定在苗疆留下來幾個月，好好教導和**改造**女野人。

白素留在苗疆的決定十分倉卒，當時我也考慮過留下來陪她，但她不贊成，說我會妨礙她的工作，使她需要逗留更長的時間。

我不理解白素為什麼要為一個被**靈猴**養大的女野人留在苗疆，她好像有什麼不可告人的秘密，而這種情形最近愈來愈多。例如有一次，我和溫寶裕在降頭之國歷險時，白素曾與著名的女俠**木蘭花**有過接觸，討論過一些事，但一直絕口不提她們的談話內容，只是不否認曾和木蘭花交談過，並大讚木蘭花十分精彩，相見恨晚。

這次白素在苗疆逗留近五個月後，終於回來了。由於當地偏遠落後，我和白素不能經常聯絡，所以當我在機場一看到她，便情不自禁地撲上去擁抱着她，大訴衷情：「你終於肯回來了，你知道我有多**想念**你嗎？」

旁邊的老蔡一面為白素拉行李箱，一面渾身發顫，對我的言行大起疙瘩。我不管他，還故意在回家的途上對白素大説情話，折磨得老蔡幾乎要下車嘔吐。

回到家後，白素把一塊細小的電腦外接硬碟交給我，説：「這是我在苗疆拍下來的生活片段，你看看吧。」

我把硬碟接過來，繼續大放情話：「太好了！我要把它重複看上十遍、百遍，天天看，以解這五個月以來的思念之苦。」

老蔡一副受不了的模樣，我心裏很得意，連忙把硬碟接到電視機去，但一看到硬碟裏的內容，我就立刻後悔了。

科技一日千里，一塊細小的硬碟能儲存大量資料，我固然是知道的，但我卻沒想到，白素在這五個月內，居然拍下了近三千條影片，令我不禁懷疑她留在苗疆就是要拍攝一部**紀錄片巨著**。

「我……可以收回剛才那句話嗎？」我擠出一個笑容，戰戰兢兢地問。

白素揚起了眉頭，「什麼？原來你剛才說想念我的話，都是假的嗎？」

「這個……」我結結巴巴地說：「想念你是真的，但看十遍、百遍……」

白素微笑道：「不用看十遍、百遍，你認認真真看一遍就好。」

我苦笑了一下，這三千條影片，看一遍也夠我看兩個月了。

從影片的縮圖就能看出，幾乎所有影片都是紅綾的**生活剪影**，但我依然把溫寶裕騙了過來，陪我一起看。

溫寶裕一進來我的家，就**興奮**地捉住了白素問：「你終於回來了！聽衛斯理說，你拍了許多影片？」

「是挺多的。」白素點點頭。

「有藍絲嗎？」溫寶裕緊張地問。

「有一點點。」白素尷尬地笑道。

藍絲是一位苗疆少女，她是如何與溫寶裕相識，並且一見鍾情，成為了**小情侶**，我會在另一個故事裏講述。

溫寶裕不是一個人來的，他還帶來了胡說，美其名是欣賞苗疆風光，實際上我覺得他是想讓胡說看看他的**小女友**。

我在溫寶裕的催促下開始播放影片，白素在旁解釋了一句：「這是你們離去之後的第二天所錄影到的情形。」

我和溫寶裕到過苗疆，見過紅綾，所以看起來十分熟悉。可是對胡說而言，卻新鮮之至，他看到了紅綾的面部特寫時，驚呼道：「她有一雙**精靈**的眼睛。」

白素說：「是，她聰明到極，學習之快，大大出乎我們意料。」

接着，畫面看到了藍絲，溫寶裕手舞足蹈，幾乎想把**電視機**擁在懷中。

只見藍絲拿着一隻竹筒製的碗，用手指餵紅綾吃碗中**黑糊糊**的東西。白素解釋道：「那是十二天官和藍絲合力炮製的靈藥，吃了之後，可以使身上多餘的毛髮脫落，回復正常。」

十二天官是藍絲的十二位**養父母**，關於他們的背景來歷，説來話長，將來有機會再細説。

紅綾這時穿上了比較正式的衣服，看來她對穿上衣服不是很習慣，可是又十分喜歡，不住用手去拉扯着衣服。藍絲和白素已急不及待開始在教她説話，先教她説五官的名稱。

的確，紅綾學説話相當快，幾段影片下來，她已經可以字正腔圓地説「眼睛」、「耳朵」、「鼻子」等等。而每當她説對了，得到白素和藍絲的嘉獎時，她就十分高興，發出大笑聲來。

紅綾的笑聲十分豪爽，只有毫無機心的人，才會有這樣毫無保留的笑聲。

當她笑得高興時，還會蹦跳，彈跳力非常驚人，有兩三次她忽然伸手抱着白素跳起來，竟然輕易就能跳高一兩公尺，抓住離地三四公尺的樹枝。

影片中，圍在紅綾身邊的苗人，包括十二天官在內，無不驚訝地瞪眼看着紅綾。

白素向我們講述：「經過大家很用心去了解紅綾後，都確信她是**人**，是一個從小遭到了意外，流落在苗疆，給靈猴收養了的人。」

大概播放了二十多條影片過後，溫寶裕漸漸發現藍絲再沒有出現過，禁不住問白素，白素解釋道：「第二天一早，藍絲就離開了，所以後面都沒有她。」

溫寶裕真是**現實**，一知道沒有藍絲，便立刻告辭，胡説亦連忙跟着他走，對我説：「衛先生，我怕沒有時間看那麼多，你看完之後，把內容告訴我們吧。」

「喂！**等等啊！**」我叫也叫不住他們兩人。

第二章

溫寶裕和胡説離開後，我便要孤軍作戰，獨自應付那餘下的二千九百多條影片。

我正**發愁**之際，突然想到了一個辦法，立刻用電腦接駁電視機，然後用電腦軟件把屏幕劃分成四格，又將那三千條影片按時序分成四組播放清單，分別在那四格畫面裏同步播放，這樣就可以令看片效率提升四倍了。

於是我就像保安員監察**閉路電視**一樣，每天金睛

火眼望着那四格畫面，當白素在我身邊經過的時候，我立刻恭敬地打招呼：「衛太太，早晨。」

「早晨。」白素也很配合，把我當作保安員，指着屏幕叮囑道：「專心看，不要偷懶啊。」

「知道！」我向她敬了一個禮，彼此都忍不住笑了。

由於大部分影片不是經常有對白，所以即使四格同時播放，聲音重疊的情況也不嚴重，我甚至將各組影片的播放速度加快兩倍，依然應付得游刃有餘。

我心裏沾沾自喜，不禁大讚自己聰明，因為用這個方式看影片，不但看得快，而且另外還有一個好處，就是可以同時比較紅綾「起、承、轉、合」四個階段的改變。

這樣一比較，我就能看到這五個月以來，發生在紅綾身上的**變化**，實在是太大了。

在第一個階段，她身上和面上還是長着長長的毛；到了第二階段，她的**體毛**開始一片一片脱落，不規則、不平均，就像被人隨意剃去的樣子，比全身長毛的時候還要**難看**；在第三階段的時候，多餘的體毛差不多都掉光了，只剩下頭髮，而她褪毛後的皮膚呈現一種十分難看的**肉紅色**；不過到了最後階段，紅綾身上的皮膚漸漸變成了正常的顏色，她簡直是脱胎換骨，完全變回一個正常人了。

「看**膚色**，她是亞洲人。」我說。

白素同意：「範圍可以縮得更狹窄一些，她是黃種人。」

我點了點頭，亞洲人的範圍比較大，印尼有大量的棕種人，印度有雅利安白種人。我把範圍縮得更窄：「她應該和我們同種。」

白素聽到我這句話時，突然顯得有點尷尬，欲語還休的樣子。

紅綾除了外形上的改變，她內在的改變才更驚人。白素教她中國的北方話，十二天官教的則是屬於苗語的「布努」。

一個正常人同時學習兩種截然不同的語言，也是一件十分困難的事，何況紅綾從來不知道什麼是語言，習慣了咆哮呼叫，對於言語的複雜音節，自然難以掌握。但白素說紅綾有過人的智力，兩種完全不同的語言，她學得極快，而且還懂得對什麼人用什麼語言。

這種情形，看得我目瞪口呆。

紅綾的左頰上有一道**疤痕**，看來是她與靈猴一起生活時，不知在什麼情形下弄傷的，不過除此之外，她臉上並沒有其他疤痕，也可算是個**奇蹟**了。

白素替她拍了很多特寫，她當然説不上美麗，可是濃眉大眼闊嘴，別有一股難以形容的爽朗和**英氣**。一雙眼睛炯炯有神，看起來聰敏慧黠。

在那期間，白素也教她拳腳功夫，動作再複雜，紅綾也是**一學就會**，難度再高也不成問題。

苗家婦女更按苗人的傳統服飾來為紅綾裝扮，扮好了之後，我看了也不禁喝了一聲彩，因為紅綾看起來**精神奕奕**，絕不比其他苗女差。

「**好傢伙**，她簡直是脱胎換骨了。」我不禁驚歎。

白素揚眉道：「這不算什麼，她將來還會有更大的改變。」

我向白素望去，總覺得她這句話好像有什麼弦外之音，可是白素沒有進一步説明。

在最後階段的影片裏，紅綾的**進展**可謂一日千里，已經可以和白素進行十分有系統的對答。

白素開始問她童年的記憶，**誘導**她說出為何會來到苗疆與靈猴一起生活。但紅綾一臉茫然，不住重複說：「我不知道，我不知道自己怎麼會和靈猴在一起的。」

白素似乎對這個問題很**執著**，鍥而不捨地追問：「你不會一出生就和靈猴在一起的，你盡力想想，你最早的記憶是什麼？」

看到紅綾苦苦思索的神情，我對白素說：「你最終也問不到什麼線索吧？我看她可能在還沒有記憶能力的時候，就已經和靈猴在一起了。你自己最早的記憶，能追溯到什麼時候？」

白素回答得很認真：「兩歲多，三歲不到，我記得最早的事，是爹帶我去和他一些朋友的聚會。他的那些朋友，都是平時和他玩慣的，一見了我，就決定和他開一個玩笑——」

白素說到這裏，我馬上記起來了，這件事早就聽她和白老大說過。白素在兩歲八個月大的時候，已經能背誦好些詩詞，白老大帶着她去向朋友炫耀，那五六個朋友和白老大開玩笑，其中一個人先抱起白素，將她舉高，然後向另一個人拋過去。那個人接住後，又將白素拋給了別人。這些人個個身懷絕技，把一個小孩子拋來拋去，自然不當是一回事。

白老大一開始還沉得住氣，知道自己也曾教過白素一些拳腳功夫，而白素的膽子一向極大，所以只是笑嘻嘻地看着。

可是那些人把白素愈拋愈高，愈拋愈遠，白老大發急了，終於忍不住出手，一招「八方風雨」，把那五六個人一起逼了開去。

白老大伸手去接住女兒時，白素卻在半空中一個「鯉魚打挺」，接着一式「平沙落雁」，輕巧着地，笑意盈盈，了無懼色，還朗聲説了一句：「原來人會飛，真好玩。」

他們兩父女憶述這段往事時，我和白素才新婚不久，我們三個人在一艘船的甲板上談天説地，氣氛融洽愉快。

可是，我只說了一句話，就把整個氣氛完全破壞了。

當時我對白老大說：「幸好你武功高，能把那幾個人逼開去，要是白素的媽媽看見女兒被人拋來拋去，肯定會**嚇破膽**了。哈哈。」

我的笑聲很尷尬地慢慢止住，因為我察覺到氣氛不妥。

那時我認識白老大一家已好幾年，還跟白素結了婚，可是從來沒有見過白素的**母親**，非但沒見過，連提都不曾聽任何人提起過。我在認識白素不到三個月的時候，已發現了這個怪異的情況，就問她：「怎麼一回事，你家裏好像……有個**隱形人**？」

白素何等聰明，一聽就知道我說什麼，「你是說我的媽媽？」

第三章

不能說的秘密

那是我第一次向白素問起她的母親，她給我的回答竟然是：「**我不知道**，我不知道我媽媽是什麼樣子的人，也不知道她現在在哪裏，過得怎麼樣，全不知道。」

我很訝異，「這像話嗎？難道你和你哥哥從來不問白老大？」

白素呆了半晌，嘆息道：「自我**懂事**起，不知問過多少次了，有時我一個人問，有時和我哥哥一起問，可是爹都說同一句話：『等你們大了再告訴你們。』」

我急忙說：「現在你們都已經大了啊。」

白素**苦笑**了一下，好像不知道該從何說起，就沒有再說下去，而我也不便追問。

直到那次在船上，我一句話破壞了整個氣氛之後，白素才不得不認真告訴我，有關她母親的事。她說：「八歲那年，我為了想知道自己媽媽的情形，曾**絕食**威脅。」

我立刻笑道：「要是你哥哥絕食威脅，白老大一定不管他，甚至重罰他一頓。可是面對着你，白老大應該心軟屈服了吧？」

怎料白素搖搖頭，「他見我不肯吃東西，就**寸步不離**伴着我，和我一起餓，他甚至連水都不喝。」

我聽到這裏，便猜到事情的發展：「結果心軟的人是你了。」

白素顯得很無奈，「不喝水怎麼行，我看到爹的神情狀況漸漸變差，也不忍心再鬥氣下去了。」

人當然不能不喝水，但我心裏想，白老大當時的精神狀況恐怕有一半是裝出來的，只怪白素當時年紀太小，不夠他**老練**。

我隨即又問白素：「白老大不肯説，但他在江湖上有那麼多朋友，全是你們的叔伯，可以問他們啊。」

白素嘆了一聲，「是，爹有些生死之交，是從少年時就混在一起的。我和哥哥逐一去拜訪查問，問得聲淚俱下。那些叔叔伯伯給我們問得急了，甚至指天發誓，説他們真的不知道。彷彿我們兩兄妹是從石頭裏蹦出來的一樣。」

我想問一句，會不會他們兩兄妹是白老大收養的呢？可是一想到他們三人之間如此相似，就覺得不大可能。

白素顯然知道我在想什麼，所以她説：「我們也曾懷疑過父親是不是我們的親生父親，但是我們都十分像父親，這種懷疑難以成立。我們四處問來問去，只問到了一位老人家，是最早見過我們的。」

「這老人家怎麼説？」我急不及待地問。

白素憶述，那老人家說：「你父親

，結交朋友，行蹤飄忽，經常一年半載不見人影。我初見你的時候，你還在**襁褓**之中，一張小臉白裏透紅，你哥哥才兩三歲大，身子倒是很粗壯，當時我也好奇地問你們爹，是和誰生的小孩。怎知他一聽就勃然大怒，叫我以後也別提起你們的娘，否則跟我**割袍絕交**。」

白素兄妹有點失望，老人家安慰他們：「令尊說等你們長大了就告訴你們真相，那也很快了。」

兄妹倆無可奈何，正要向老人家告辭的時候，老人家又說：「我那次見到你們兄妹兩人，是令尊剛**遠遊**回來。他是三四年前出發的，先到四川，絡續有人在四川各地見過他，但後來足有兩年音信全無。我見到他的時候，只覺他滿面風塵，顯然是遠行甫歸，連說話也帶四川音。而**小女娃**——那就是你，頸上還套着一個十分精緻的銀項圈，

看來也像是四川、雲南一帶的精巧手工。」

白素兩兄妹連忙問：「那麼說，我們的母親，有可能是**四川女子**？」

老人家搖頭道：「那就不知道了，令尊有兩年不知所蹤，誰知道他和什麼地方的姑娘生孩子。」

這算是唯一的線索，可是用處不大，我問白素：「當時你哥哥多大？」

「十六歲。」

「那麼兩年後就成年了。」

「對。」白素說：「哥哥十八歲生日那天，爹十分隆重，請了許多在江湖上有身分有頭臉的人物來，把哥哥介紹出去。哥哥和我早就商量過，那天等到半夜，只剩下我們父子三人的時候，哥哥便開口問——」

「這次白老大還能怎麼**推搪**？」我很疑惑。

白素苦笑道：「哥哥才問了一半，爹就阻止道：『你成年了，但你妹妹可還沒有成年。』我一聽，忙道：『我可以不聽，你說給哥哥一個人聽就可以了。』我說着轉身就走。」

我立刻猜到白老大的反應，便問白素：「白老大一定會說，你哥知道秘密後會告訴你。對不對？」

白素又苦笑，「對，他説我還未成年，內心沒有足夠的力量抵受衝擊。但不僅這樣，爹還對我們動之以情，他説：『這件事我絕不願多説，希望你們體諒一下老父的苦處，這事現在説一遍，兩年後小素成年了，再説一遍，那會要了我的老命。』他説到後來，雖然沒有落淚，可是雙眼已經潤濕了。」

聽到這裏，我心中不禁暗罵，這頭「老狐狸」又成功糊弄了過去。我急不及待追問白素：「兩年很快就過去，到你十八歲的時候，那老——他老人家還能搬出什麼藉口來？」

白素閉上眼睛，像是在回想當時的情形，她說：「那天晚上，是爹主動提起的，他把我們叫進小書房，我緊張得心頭亂跳，因為很快就可以知道自己母親的秘密了。」

進了小書房之後發生的事，後來白奇偉也向我說過，和白素的敘述，完全一樣。

當時他們兄妹倆進入了小書房後，坐下來，心中十分緊張，白老大先開口：「知道我為什麼一定要等你們成年嗎？」

兄妹齊聲道：「我們成年了，自然會**懂事**。」

白老大點點頭，「是啊，年紀大了，不一定懂事，只有成年人才懂事，而不懂事的，就是未成年。」

聽到父親這麼說，兄妹兩人都有一種**不祥**的預感。

白老大接着又長嘆一聲，「和懂事的成年人説話，容易得多。我坦白告訴你們，你們想知道的事，我絕不會說。」

白素兄妹兩人絕對想不到父親竟然會講出這樣的話來。

多少年的等待，就是等這一刻，可是到了這一刻，白老大居然**無賴**至此，完全不守承諾。

剎那之間，白素只覺得委曲無比，她有生以來，第一次有那麼難過的感覺，而且就在她十八歲的生日。

白素的第一個反應就是「**哇**」地一聲哭了出來，淚如泉湧。

白素是一個十分堅強的女子，絕不輕易流淚，可是當她向我説起那晚上在小書房中發生的事時，她仍然相當激動，淚盈於睫。她說：「你想想看，給人欺騙的感覺是多麼難受，日思夜想，以為終於可以知道自己母親的秘密，但結果卻是再一次遭到欺騙，而騙自己的，偏偏又是自己的爸爸，最親的親人，我在那種情形下，哭得**肝腸寸斷**——」

她說到這裏，我立即輕擁安慰着她。

第四章

白素十八歲生日的那天，在白老大的小書房中，「哇」地一聲哭了出來，白奇偉沒有哭，只是緊緊地咬着牙，額上青筋暴綻，急速地喘着氣，兩人心中都不斷地在叫：

「**騙子！騙子！**」

白奇偉是男孩子，遭到了父親這樣近乎戲弄的欺騙，心中不但難受，而且十分憤怒。

當時白老大的情形也好不到哪裏去。他知道自己理虧，唯有用父親的權威來盡快了結此事。他暴喝道：「幹什麼？一個放聲哭，一個握緊了拳頭，是不是想打老子？」

白素哭得傷心，根本無法説話；白奇偉咬緊牙關，只怕一開口，會説出十分難聽的話，所以也不出聲。白老大一掌拍在一個茶几上，「嘩啦」一聲，將一張紫檀木茶几拍得四分五裂，他又大喝道：「以為你們成年了，誰知道你們還是那麼不懂事，白費了我多年養育你們的心血！」

白老大責備得聲色俱厲，以為再罵上幾句，就可以把事情終結。可是這次沒有他想得那麼容易，白素勉強止住了哭聲，哽咽着説：「不行。是你自己答應的，等我們成年，就把一切告訴我們。」

白奇偉這時也叫了起來：「虎毒不吃兒，你卻連自己的兒女都欺騙！」

白老大面色鐵青，暴喝：「你説什麼？」

白奇偉性格倔強，一點也不畏懼，竟然把那句話，一字一頓又講了一遍。

「**畜牲！**」白老大暴喝一聲，一巴掌摑到白奇偉的臉上，打得白奇偉一個踉蹌，跌出了幾步。

白素一見哥哥捱了打，心痛無比，立刻站到白奇偉的身邊，昂首挺胸，對着盛怒的父親，以無比的勇氣大聲道：「我的意思和哥哥一樣，你**騙**了我們。」

白老大又是一聲怒喝，大手再度揚了起來，可是又不忍心打下去。

白奇偉忍着痛，長笑一聲，淒厲地說：「打啊，我們的母親，說不定就是這樣被打死的，所以你才不能說。」

白奇偉在盛怒之下說出了這樣的話來，白素也知道不妙，連忙用肩頭把白奇偉撞開去，免得他再捱打。

可是白奇偉也豁了出去，一動也不動，反將白素推開了半步，厲聲叫：「讓他打。」

而這時候，事情又有了出乎意料之外的變化，白老大的臉色突然之間變得血一樣紅，紅得簡直可以滴出血來。

我聽到白素和白奇偉這樣形容白老大的情況時，也不禁驚呼了一聲，因為修習中國內家武術的人都知道，那是一個人受到了突如其來的巨大刺激，使內息離開了應該運行的路線，「走火入魔」而出現的狀況，可謂危險之極。

白素兄妹自小習武，當時自然看出事態嚴重，不約而同緊張地叫了一聲：「爹！」

兩人撲向前去，想扶着白老大坐下來。但白老大雙臂

一振，先將兩人振開，然後張大了口，發不出聲音來，滿臉血紅，樣子可怕之極。

白素兄妹驚恐得心膽俱裂，又大叫了一聲：「爹！」

隨着他們這一叫，白老大雙臂回轉，「砰砰」兩聲，重重的兩掌擊在自己的胸口上，口中噴出了一大口鮮血。

結鬱在心口的鮮血噴出來後，白老大的臉色蒼白無比，身子也軟弱無力，白素兄妹連忙扶他盤腿坐了下來。

幸好白老大功力深厚，沒多久，他的臉色和氣息便漸漸恢復了正常，兩兄妹才放下心來。

白老大長長地吁了一口氣，聲音苦澀道：「剛才我氣血翻湧，自知凶險之極，可是我那時萬念俱灰，了無生意，也根本不想自救。」

白素兄妹聽到父親這樣説，心裏十分痛苦難受。

白老大頓了一頓之後，昂首挺胸，又回復了幾分豪邁的氣概，繼續說：「是你們兩人，接連叫了我兩聲『爹』，這才使我又有了生存的動力，我知道自己的孩子還認我是爹，我就要活着。」

白老大說到後來又激動不已，聲音發顫，身子發抖，白素早已淚流滿面，撲上去緊緊抱住了父親，連一直都在強忍的白奇偉，也走過去，雙手緊握住了白老大的手。

當年，我聽了白素講述這件事，心情也好一陣激動。但我畢竟不是當事人，所以很快就冷靜了下來，旁觀者清，馬上想到了一個十分關鍵的問題——白老大還是沒有把兩人母親的**秘密**說出來。

我不禁懷疑，這一切就算不是白老大的刻意安排，他至少也**添油加醋**、順水推舟，讓自己可以蒙混過去。

經過這次觸目驚心的事件，白素兄妹兩人自然再也不敢追問有關母親的事，而白老大從他們小時候就已經作出的那個**承諾**，也就可以不了了之。

我想通了這一點，婉轉地對白素說：「不敢說白老大玩弄了手段，但自此之後，你們自然再也不敢提起有關母親的事了。」

白素神情黯然，「當然不敢了，爹那次**內傷**，足足養了大半年才好，誰還敢再提？我們不提，他也不提，就像沒有了這件事一樣。」

白素把這一切告訴我，是在那次我們在船上，我一句話破壞了氣氛之後的事。

還記得當時我在船上說了一句「要是白素的媽媽看見」，就把愉快的氣氛徹底破壞，白老大即時臉色一沉，狠狠向白素**瞪了一眼**。

白素連忙分辯：「我什麼也沒有對他說過，是他感到我們家中好像有一個隱形人，覺得奇怪……」

白老大一揮手，「把當年小書房的事，向他說說，免得他日後再說這種壞人胃口、敗人興致的話。」他拋下這一句就轉身走向船艙了。

當時我不知道事情那麼**嚴重**，還聳了聳肩。等白老大進了船艙，白素才把一切告訴給我。而後來，白奇偉又把事情對我講了一遍，自然是因為他們兩兄妹有意想我幫忙，把他們母親的秘密探尋出來。

第五章

緬鋼劍和紫金藤

故事一開始提及過，查探這個重大秘密的過程錯綜複雜，牽涉甚廣，從過去到現在，時空交織，於許許多多不同的事件中，逐一抽絲剝繭，就像收集拼圖的碎片，慢慢將完整的真相拼出來。

自從白老大血濺小書房一事之後，白素和白奇偉雖然不敢再追問母親的事，但兩兄妹絕不心息，一直也在暗中查訪。

令他們啼笑皆非的是，白老大有一次在酒後「良心發現」，竟對他們兄妹說：「你們想知的事，在我離開人世之前，我必然會有安排，使你們在我死後，可知究竟。」

誰都知道，白老大的健康極好，況且白素兄妹再心切想知道秘密，也不會因此希望父親早死的。所以，秘密一直是秘密。

多少年來，白素兄妹費盡心機去查探，依然所獲不多，直至白奇偉遇上一件看似毫無關係的事。

那天，白奇偉走進一家大酒店時，在門口看到了一個十分有氣派的中年人，拄着一根手杖，走下石階。一輛大房車就停泊在石階前，司機在車上，車子旁邊還有一個身形十分矮小，傴僂着站不直的黑衣人，已為那中年人打開了車門，正在迎接他上車。

那時白奇偉很年輕，我甚至還未認識他。他身為白老大的兒子，什麼樣的人物都見過，那中年人的**氣焰**雖大，也引不起他的特別注意。可是當他走上石階，與那中年人擦身而過時，留意到對方手中的那根手杖，不禁驚呆住了幾秒鐘。

那手杖呈深紫色，形狀是一截天然的**老藤**，握手處是不規則的藤頭。特別的是，手杖通體都鑲嵌着一條龍，看得出是純銀鑄成的，並沒有刻意擦亮，所以有一種神秘的、象徵着古老的黯黑色。那條銀龍手工精絕，巧妙地盤在手杖上。

白奇偉隨白老大行走江湖，見多識廣，一眼就看出那手杖的藤，是有「一截紫金一截藤」之稱的「**紫金藤**」。

這種藤十分罕有，生長在中國西南，雲南、貴州、西康一帶的深山絕壑之中，貼着峭壁生長，成長速度極慢，每年只生長約一公分。

這種珍罕的植物，不能和**動物**相遇，不論是鳥飛過停上一停，還是猿猴攀過抓了一抓，甚至蛇蟲爬過蟄伏了一下，此藤都會立時**枯死**。

可是，它又有一項極奇特的特性。普通生物一碰到它，它立時枯死，然而，那生物若是本身**有毒**，情形卻又大大不同，恰好相反。

有毒的生物，不論是蛇蟲鼠蟻，是爬的還是飛的，一碰上了貼崖而生的紫金藤，就是死路一條。紫金藤上有一種黏液分泌，能將有毒的生物黏住，將其身上的毒素吸收殆盡，然後那有毒的生物便會油盡燈枯，屍體墜落。

白奇偉曾經聽一位父執輩講述紫金藤，當時對方展示着自己所戴的一隻扳指向後輩講解。

那隻板指自然是紫金藤所製的，上面也有着銀質的鑲嵌，嵌的是一條小小的蛇。

那位父執輩說：「此藤毒性無與倫比，什麼孔雀膽，鶴頂紅，南美洲的黃色雨蛙，西非洲的血色竹衣，都不如它毒，它是**萬毒之宗**☠。」

當時，一起聽這位前輩講述的幾個青年，都十分駭然，其中一個更指着那板指問：「那你還把它戴在手上？」

那父執輩「呵呵」地笑着，「沒看到上面鑲着銀器嗎？只有銀能剋制它的毒性。銀非但可以剋制它的毒性，而且可以使它變成萬毒的剋星，別看我這板指只是一小截紫金藤，戴着它，萬般毒物，盡皆退避。」

這種東西對生活在現代化大都市的人來説，沒有什麼作用，都市人被毒蛇咬中、毒蠍螫中的風險少之又少，但是對於在窮山惡水、蠻荒之地生活的人來説，那就等於是$無價$之寶，是生命的保障。

白奇偉對那種異樣的、隱隱泛光的深紫色，留下了極深刻的印象，加上他知道紫金藤必然與銀器聯結在一起，所以他一看到那根深紫色手杖上盤着一條銀龍，便幾可肯定，那是紫金藤所製的手杖。

那位父執輩解釋完紫金藤的可貴之處後，忽然慨嘆：

「我在蠻荒時，曾見過一柄小刀，刀長七寸，刀鞘竟然是一截紫金藤，這已是稀世奇珍了。但更不得了的是，那以藤為鞘的小刀，竟然是緬鋼鑄成的！小伙子，你們自然知道緬鋼是什麼吧？」

當時聽的人，包括白奇偉在內，都連連點頭。

他們都是學武之人，自然知道緬鋼是什麼樣的寶物。

白老大曾精心研究過這種精鋼，用現代冶金學、金相學的觀點來研究，用精密的儀器來分析，在實驗室中完全按照緬綱的成分去煉製，發掘出緬鋼的最大特點，是含碳極低，低到接近零。

和他一起研究的一些科學家，怎麼也難以相信在雲貴、緬甸、寮國邊境生活的苗人和瑤人，用接近原始的煉鑄設備，竟可以生產出這樣優秀質量的鋼來。

可是白老大的研究還是失敗了，他得到的，只是仿製的緬鋼，而不是真正的緬鋼。真正的緬鋼，有它十分**神秘**的一面，不是現代化設備所能完成的，據説，需要煉鑄者自身的鮮血配合，才能煉成。

緬鋼的特點是鋒利無匹，而且延展性極強，可以鑄成十分薄的薄片，隨意彎曲，極之柔軟。

用緬鋼鑄造的兵器，自然是學武之士**夢寐以求**的寶貝。雖然説火器盛行之後，再好的緬鋼刀，也不如一柄手槍。可是緬鋼畢竟是難以一睹的寶物，所以當時那前輩一説，那些青年都趨之若鶩。

後來有一次，白奇偉向父親提起那位前輩所説的話，白老大聽了之後，竟嗤之以鼻説：「哼，他的見識真淺，一柄緬鋼匕首，用紫金藤作鞘，那算得了什麼？世上還有整柄的**緬鋼長劍**呢。」

白奇偉當時聽過就算，直到那天，在大酒店的門口，看到了那個中年人手中的紫金藤手杖，他才心中一動，突

然想到：這莫非就是一柄杖中劍？如果劍又是緬鋼的話，

那真是驚天動地、非同小可的**珍寶**啊！

第六章

白老大是上司

白奇偉那時年少輕狂，很有**野心**在江湖上揚名立萬，青出於藍，超越他的父親。而這樣一件非同凡響的寶物，對他的誘惑力極大，所以他在一瞥之間，就已經決定要將那中年人的紫金藤手杖據為己有。

白奇偉一決定了，就立即出手，他使用的工具十分獨特，是他自己創製的，那是一隻如同乒乓球大小的圓球，

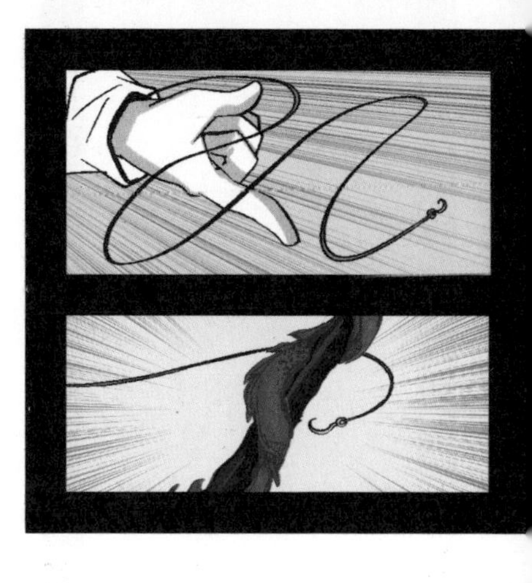

裏面有極強力的**彈簧**，一按機鈕，便會射出一根細鋼絲，鋼絲的末端有一個小鈎，令鋼絲可以纏住物體。

這件別出心裁的武器，白奇偉下了不少苦功，練得十分**純熟**，收放自如，精準度十足。

他與那中年人擦身而過時，已將圓球握在手中，趁對方提起手杖，還沒有垂下來之際，他一翻手腕，鋼絲便**激射**而出，在手杖上繞了三個圈。白奇偉再一揚手，便把手杖從那中年人的手中扯脫，直飛到**半空**之中。

可是當白奇偉以為成功得手，準備將手杖接住的時候，突然之間出現一條**黑影**，如鬼似魅，迅疾地騰空而起，撲向在半空中的手杖。

那黑影竟然**後發先至**，比白奇偉還快一步，伸出雙手抓住了手杖，他的右手抓在杖頭上，「錚」的一聲，從手杖之中抽出了一柄**細而狹窄**的長劍來。

白奇偉一見杖中果然有劍，驚喜萬分，立即手臂一振，想藉着鋼絲把握着手杖的那個人甩掉。

沒想到那人的反應迅疾無比，「叮」的一聲，手起劍落，一下子就把鋼絲輕易削斷了。白奇偉一時失去了着力處，幾乎一個踉蹌滾跌下石階去。總算他武功根基好，一隻腳向後踏住了下面的一級石階，把身體穩住。

而那人仍在半空中，一個翻身間，藍光一閃，已經還劍入鞘，身子落地，向着那中年人單膝跪下，雙手捧着手杖，高舉過頭，恭恭敬敬地奉還給那中年人，所有動作一氣呵成。

白奇偉直到這時才看清此人就是在那黑色大房車旁邊，打開車門恭候那中年人上車的那個人。從他的行動來看，這個身材瘦小如猴的人，顯然是那中年人的**保鏢**，只是沒想到他的身手竟然矯捷到這等地步。

那中年人沒有立即接過手杖，只是抬頭望向白奇偉。白奇偉自知事敗，不想影響自己的名聲，便急急轉身**竄逃**，總算全身而退。

後來白奇偉將此事告訴白素時，嘆了一聲：「很慚愧，那飛身而起的人，究竟是什麼模樣，竟然沒有看清，更不知道那中年人是什麼來歷，真氣人。」

「**問爹去。**」白素故意這樣提議。

「不行！」白奇偉緊張道：「萬一露出馬腳，讓爹知道我搶奪人家東西，還狼狽得落荒而逃，那麼我就**凶多吉少**了。」

白素笑道：「原來你也知道自己做錯了嗎？」

白奇偉一臉沒趣。

沒想到就在他奪劍不成後的第三天，他又見到了那個中年人。

那是在一個國際性的金融業會議中，白老大以著名投資者的身分應邀出席。在正式會議完畢後，有一個輕鬆的**聚會**，白老大就帶了白素兄妹前去。

這種性質的聚會自然是場面偉大，冠蓋雲集，紳商名流，衣香鬢影，足有兩三百人。白素兄妹自己並沒有熟人，所以一直跟在白老大的身邊。

而那個中年人是由本地一位銀行家領着進來的，看來他在金融界頗有地位，一進來就有許多人圍上去，爭着和他打招呼，人人都一副諂媚之色。

那中年人的手中，仍然握着那根紫金藤手杖，他的身邊也跟着那個一身黑衣，身形瘦小，體型若猴的保鏢。

白奇偉一看到那個中年人，不禁心頭一震，卻又極力保持鎮定，不讓父親察覺自己的異樣。

那根紫金藤手杖看在**識貨者**的眼中，簡直礙眼之極，白素一看就知道是怎麼一回事，立時輕碰了哥哥一下，白奇偉略點了點頭，壓低聲音說：「留意那**小個子**。」

白素看見那小個子膚色頗黑，臉型怪異，不但身形如猴，連面貌也有點像*猴子*，可是一雙眼睛卻又大又亮，一直垂着眼皮，但偶爾一抬眼便精光四射，而且白奇偉感覺到，這對精光四射的眼睛，在自己的身上迅速地轉了一轉。

　　這不禁令白奇偉身子**發熱**，擔心對方認出自己就是三天之前搶手杖的人。

　　白奇偉正準備找個藉口離開會場之際，那個中年人的目光卻突然投了過來，看到了他們三人。

白奇偉由於心虛，料定對方一定是認出自己來了，正想設法脫身，可是看到那中年男人微微揮動着手杖，身邊的那個小個子便張開雙臂為他開路，兩個人逕直向這邊走過來。

此時白奇偉恨不得有個**地洞**可以鑽下去。只見那兩個人的步伐愈來愈快，一下子就到了身前。

白奇偉緊張之極，雙手握着拳，手心已全是冷汗。但旁邊的白素卻發現，那中年人並不是望向白奇偉，而是望着白老大。而且那種**眼光**和**神情**十分奇異，既高興又焦急，還充滿了感激和喜悦，像與久別的親人重逢一樣。

白素看到了這種情形，大感奇怪，可是向白老大看去，白老大卻若無其事，一直和別人聊天，還發出響亮的笑聲，但有點*矯揉造作*，白素能看出那是故意裝出來的。

和白老大聊天的那個人忍不住提醒白老大：「白老，殷老來了。」

那時白老大和那走過來的中年人，都並非老人，但是在社交場合上，人們都習慣尊稱「老」，那是一種**身分**的象徵。

白老大直到這時才半轉過身去，望向那中年人，那中年人一看到白老大轉身望向自己，他接着的反應出乎每一個人的意料之外。

只見他突然搶前幾步，來到了白老大的身前，啞着聲音大叫：「恩公。」

他一面叫，一面向着白老大，竟然想要跪下來。

白素兄妹一見有人要向父親跪拜，連忙搶上去，在那中年人身子曲到一半時，及時把他扶住。那中年人直到這時才向白奇偉看了一眼，顯然認出了白奇偉是搶他手

杖的人，略有**訝異之色**，但立時又向白老大望去，仍是啞着聲說：「恩公，請受我一拜。」

白老大聲音洪亮說：「**閣下認錯人了**。」

那中年人像是聽到了最荒唐的笑話一樣，搖了搖頭，待情緒漸漸恢復正常，再說：「陽光土司，我是殷大德啊。你曾救過我性命，我怎麼會認錯人？」

第七章

奇怪的髮式

殷大德此言一出，所有人都詫異莫名。「陽光土司」這四個字，每一個字都很簡單，可是拼起來卻**難以理解**是什麼意思，多半會叫人認為那是一個日本人的名字。

當時殷大德把這四個字叫了出來，他又有一口四川土音，真正聽得懂這四個字是什麼意思的人，恐怕少之又少。

白老大**聲名顯赫**，人人都知道他姓白，皆尊稱他「老」或「老大」，從沒聽過有人稱呼他什麼陽光土司，所以在場的人都認同白老大的說法——殷大德**認錯人**了。

帶殷大德進來的那位銀行家笑着說：「殷行長，這位是白老大，你認錯人了。」

白老大隨即以十分洪亮的聲音道：「原來是殷行長，真是**久仰**了。幸會，幸會，在下姓白——」

白老大向殷大德伸出手來，但殷大德神情惶惑，一副手足無措的樣子，「白……先生？你不是陽光土司？我怎

麼會認錯？恩公，你明明是陽光土司，十八年前，**你救過我一命**。」

白素心中一動，因為那時她正好十八歲，也就是説，殷大德若是沒有認錯人，那麼父親是在她出生的那一年，曾救過殷大德。

白老大笑得**洪亮**：「當然是錯認了，要不是我一雙小兒女身手靈巧，生受老兄一拜，真不知如何是好了。」

他把剛才殷大德的行動當笑話説，其他不少人也跟着笑了起來，緩和了尷尬的氣氛。

但殷大德仍然**茫然**之極，望了望白素，又望了望白奇偉，説：「這是令郎令嬡？唉，雖然事隔十八年，可是恩人的容貌——」

白老大打斷了他的話：「別再跟我**開玩笑**了。聽口音，殷行長是四川人？」

殷大德深深吸了一口氣，點了點頭：「老家四川龍塘鎮，不過長年在雲南瀾滄一帶營商。」

殷大德頓了一頓，然後帶着**試探**地問：「陽光土——啊不，白先生對那一帶熟？」

白老大沒有回答，不置可否。這時白素和白奇偉互望了一眼，心中都大是疑惑。

殷大德忽然轉過頭去，向身邊那小個子說了一句發音十分古怪的話。

殷大德話才出口，那小個子立時向白老大跪下，可是，他還沒有叩下頭去，白老大已伸手**抓住**了他的肩頭，將小個子的身子直提了起來。

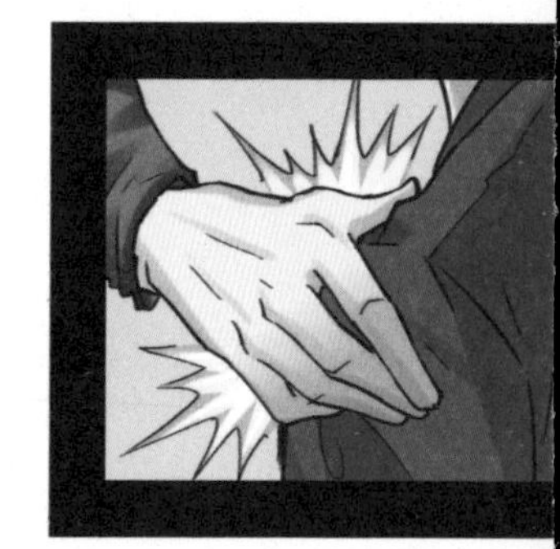

那小個子被白老大提了起來，仍然縮着雙腿，維持着下跪的姿勢，只是發出了一下怪異之極的**呼叫聲**來。

那一下呼叫聲響亮刺耳，令所有在場的人都驚訝不已。

殷大德也連忙叫了起來：「陽光——不，白老，請手下留情！我只不過請他代我行禮，答謝你救命之恩。」

白老大悶哼一聲，手一鬆，那小個子落了下來，白老大沉聲道：「殷行長，我們初次見面，你怎麼跟我開這樣大的玩笑？」

殷大德受了指責，一副想爭辯但是又無從開口的神態，額角和鼻尖都冒出汗來。他吞了一口口水，連聲道：「對……對不起。」

白老大又悶哼一聲，憤然拂袖，他那次穿的是一襲長衫，拂袖之際，帶起了一股勁風，那小個子頭上竟然飛起了一蓬頭髮來。

假髮掉了，本來就是一件十分尷尬的事，但更滑稽的是，那個小個子竟然有一個十分古怪、引人發笑的髮型。

他頭上留着三幅桃形的頭髮，一幅在正中近前額

處，兩幅在耳朵上面，除此之外，剃得清光。

這種髮式古怪之極。從前，兒童剃頭，也喜歡在前額上留下桃形的頭髮，但是有三幅之多，而且還是成年人，則十分**罕見**。

這時，殷大德又說了一句各人都聽不懂的話，那小個子聽了，便拾起**假髮**，戴回頭上，自始至終，一言不發。

若不是三天之前，白奇偉曾領教過他的**身手**，真不能相信這小個子是身懷絕技之士。

「爹，那人的髮式很**怪**，不知是什麼地方的人？」白素低聲問白老大。

白老大只是冷冷地哼了一聲，「誰知道，我們走。」

他們三人就這樣離開會場了。

後來，白素對我說：「爹若是回答了我這個問題，我和哥哥或許還不會那麼起疑。」

我同意：「是，當時他每句話，每個舉動，都有點欲蓋彌彰的感覺，好像在竭力掩飾些什麼。你們接着採取了什麼行動？」

「我們覺得那個殷大德可能沒有認錯人，所以就去找他。」

我點了點頭，「對，應該找他問一問。他一直稱令尊為『陽光土司』，你當時可知那是什麼意思？」

「當時一聽這四個字，實在搞不懂是什麼意思，後來問過殷大德，自然知道了。難道你一聽就知道？」

我笑了起來，「你該不會以為是烘麵包吧？」

英國式的烘麵包，譯音是「土司」，但殷大德口中的土司，自然不是這個意思，那是一種官職，在中國歷史悠

久，元朝已經有了。土司這個官，管領苗蠻之地，由土人世襲，長久以來，在湖南、四川、雲南、貴州、廣西等地，苗瑤蠻人所**聚居**之處，都有這個官職。

不過，這個官職都由當地土人受領，大多數是原來的酋長、族長、峒主之類，絕不由外人擔當，而殷大德居然稱白老大為「陽光土司」，真有點**匪夷所思**。

我回答白素：「殷大德提到自己在雲南瀾滄一帶營商，那正是苗疆，所以我想到『土司』是一個官職的稱謂，但我也不明白『陽光』是**地名**還是什麼意思。」

白素說：「是人名，殷大德告訴我們，爹那時就用這個名字當土司，而且還是大土司，威望很高。」

我心中也充滿**疑問**，忽然想起：「素，白老大刻意隱瞞這些事，會不會和你母親的秘密有關？」

白素心情激動地說：「我們正是想到了這一點，所以才去找殷大德的。因為他所指的時間，正是我**出生**那一年。」

我立刻望着白素的頭頂，禁不住笑道：「那小個子的古怪髮式，是雲南貴州一帶，一種稱作儸黑人的特色。儸黑人也可稱之為倮倮人，正由於他們留這樣特殊的髮式，所以別人都戲稱他們為『三撮毛』，如果你剛好在那裏出生的話，說不定你當時的髮型……」

白素大力**敲**了一下我的頭，「這種髮型絕不可能在我的頭上出現！」

我哈哈大笑起來，白素不理我，自顧自地說：「殷大德說，爹當年管轄的範圍，正是**儸黑人**聚居的地方，他還說……」

白素說到這裏，神情有點沉重，我也不笑了，鼓勵她說下去，「有什麼事，即管對我說。」

白素嘆了一聲，「見過殷大德之後，我和哥哥認真討論過，懷疑我們的母親有可能是……」

我聽到這裏，大吃一驚，失聲道：「**是儸黑女子？**」

第八章

媽媽可能是倮倮人

白素靜默了一會，才問：「你看我，像不像苗人、瑤人、擺夷人、倮倮人？」

我神態輕鬆地説：「不管是什麼人，都是人，沒有什麼分別。」

白素嘆了一口氣，「只是太突然了，一想到我可能有倮倮人的**血統**，那個……那個髮式就不期然在我腦海裏浮現。」

我知道她和我一樣，腦裏禁不住想起她留了「三撮毛」髮式的樣子，我極力忍住不笑，問她：「你快把和殷大德見面的經過告訴我，他到底說了些什麼，令你們懷疑自己的母親是**倮倮人**？」

據白素敘述，他們兩兄妹與殷大德見面的過程相當長，殷大德有問必答，而且主動告訴了他們許多往事。

殷大德認定了陽光土司就是白老大，所以他對「**恩公**」的一對兒女，知無不言，言無不盡，招待得十分殷勤有禮。

殷大德的銀行，在本城也有分行，白素兄妹通過電話聯絡銀行，當然找不到殷行長，只能在秘書處留下資料，可是沒料到半小時之後，殷大德就**親自**打電話來了，而且態度既焦急又熱情。

白素兄妹表示想見他，他無任歡迎，邀請兩人到他的辦公室見面。

一見面，還沒有寒暄，殷大德便把手中的紫金藤杖**雙手**奉上給白奇偉，誠懇地說：「公子若是喜歡，請笑納。」

殷大德實在**熱情**過頭了，令白奇偉十分尷尬，臉紅起來，推卻道：「今天來，不是為了這個。」

殷大德便把手杖放到一旁，請兩人就坐。然後那個小個子從一扇門中走了出來，一聲不響，在殷大德的身後站着，真是個稱職的**貼身保鏢**。

白素開門見山就問：「殷先生，你認識家父？」

殷大德長嘆了一聲：「令尊是何等大人物，我豈敢說認識？但他真是我的**救命恩人**，我絕不會認錯人。甚至你們兄妹倆，當時我也是見過的。」

兩兄妹一聽得殷大德這樣説，頭頂之上登時像炸響了一個**焦雷**般，一時之間全身發僵，頭皮發麻，一句話也説不出來。

殷大德笑了笑，拍了一下白奇偉，「那時，你才會説一些話，也剃着三撮毛的頭髮，和現在雖然不同，但是**輪廓**還在，那是走不了的。」

白素嚥了一下口水，問：「那我多大？」

殷大德笑得更燦爛，「什麼多大，才出世兩天。」

白素和白奇偉面色發白，不由自主地發出了**驚訝**的呻吟聲。

殷大德連忙緊張地問：「兩位怎麼了？」

白奇偉和白素互望了一眼，深知若是要別人講出**實情**來，自己就先不能有所隱瞞，所以白素說：「殷先生，實不相瞞，家父一直提都不肯提有關我們母親的事。我們**明查暗訪**，也毫無結果，只知道家父曾有四川之行，三年之後回來，已多了我們兄妹兩人。」

白素說到這裏，白奇偉已急不及待地**追問**殷大德：「請你告訴我們，那時，你必然曾見過我們的母親。」

怎料殷大德卻搖搖頭，「不，我未曾見過令堂。」

「怎麼會？」白素叫了起來，「你見過我，而我那時才出世兩天？」

殷大德吸了一口氣，似乎說來話長，他向那小個子作了一個手勢，小個子動作極快，一下子就斟了三杯酒，分別送給三人，神態十分恭敬。白素兄妹的杯子是普通的瓷杯，

但殷大德用的卻是一個黑黝黝的碗，說不定又是什麼罕有的寶物。而酒是從一個粗竹筒中倒出來的。白素細心，看到那小個子在斟完酒之後，用手指沾了竹筒邊上的幾滴酒，放進口中吮着，而且眼光一直盯着

杯中的酒看，一副饞涎欲滴的樣子。白素便向殷大德提議道：「何不請他也來一杯？」

殷大德笑了笑，向那小個子說了一句話，小個子一聽便興奮起來，對白素行了一個相當古怪的禮，接着又向白

奇偉行了一禮，這才再向殷大德行禮，然後老實不客氣地倒了滿滿一大杯，走到**角落**裏，蹲了下來，捧着杯慢慢地喝着。

殷大德笑道：「這是苗人特釀的酒，我和苗疆一直有聯繫，這種酒用一種稀有的**果子**釀製，十分難得，每年我也只有一竹筒。他是倮倮人，知道這種酒強壯筋骨，大有好處，所以滿心歡喜。」

白奇偉趁機道：「這位兄弟身手非凡，幾天前我曾領教過，他是——」

殷大德搖了搖頭，「他是什麼來歷，我也不太清楚，他跟隨我多年，是我那次**死裏逃生**之後不久的事，也是一位土司推薦給我的。」

白素不想話題扯得太遠，連忙言歸正傳：「你說我爹曾救你一命，而且你還見過我們兩兄妹，那段經過到底是怎樣的？」

殷大德雙手捧着酒碗，喝了一口酒，然後**娓娓道來**。

雲南地區資源豐富，特產極多，當年他由於和一個國家的皇族十分熟稔，便專門和對方做生意，蒐集最上等的**特產**賣給他們，所以經常遊走於邊境各地。

蠻荒邊遠之地，兵荒馬亂，危機四伏，經常有**賊匪**出現。

那一次，殷大德帶了三個伙計，六匹健馬，運送三百斤極名貴的特產出國境。

是次交易非常重要，殷大德小心翼翼，選了一條他曾經走過幾趟，都沒有出過什麼意外的穩妥路線。

不僅如此，為了安全起見，每天在入黑紮營之前，殷大德都會獨自一個人，將絕大部分的貨物收藏在**隱蔽之處**。由於蠻荒的山嶺山勢險峻，山洞又多又深，迂迴

曲折，加上原始林木參天，草叢又高又密，隱蔽之處極多，所以要把貨物好好藏起來，並不困難，但要找出來，卻如大海撈針。

這是經驗豐富者的慣常做法，把大部分貨物藏在別的隱蔽處，只留小部分貨物在身邊。一夜無事固然最好，翌日起來，便往隱蔽處取回貨物，繼續上路。

可是萬一晚上睡覺時，不幸遇到劫匪突襲，便只好衡量實力，循例抵擋一下，打贏了自然好，若是不敵，就由得對方奪去現場的貨物。賊匪得到了好處，恨不得盡快逃之夭夭、袋袋平安，一般也不會多作糾纏。

只可惜，殷大德那次遇到的，並非一般的賊匪。

第九章

殷大德那一次，帶了三百斤上好的特產，在出發的第二天傍晚，牽了三匹馬，將貨物藏好在一處隱蔽的地方後，回到紮營地，怎料發現有近百人圍住了那裏，一看便知是**山賊**。

殷大德看出情勢不妙，想要逃走，但幾名山賊已經發現他，立刻撲過來，用**衝鋒槍**抵住殷大德的身體，他哪裏還敢亂動？

「帶他過來！讓他看看他的三個伙計！」一把聲音響起，看來是**山賊頭子**。

他們便把殷大德押過去，只見山賊頭子非常高大，樣子窮凶極惡，而且身上染滿**血污**，不知是他受傷流血，還是別人的血。

答案隨即在殷大德的面前出現，他看到自己那三個伙計被反手綁在大樹上，已經**斷了氣**，從死狀也可看出，他們受到了極殘忍的酷刑逼供，逐步被折磨至死。山賊頭子身上的血，自然都是他們三人的，而且看來是他一個人親自施刑。

殷大德剛才獨自去把貨物藏好，三個伙計根本不知道他會把**貨物**藏在哪裏，所以不論受到怎樣殘酷的虐待，也無法說出貨物的所在，最後慘被處死，殷大德感到十分內疚。

而山賊頭子竟還在發笑，簡直是一頭凶殘變態的**惡魔**。

殷大德心裏很悲痛，但為了保命，極力裝作**無辜**的模樣，「大爺，發生什麼事？我只是路過的。」

山賊頭子大笑一聲，「敢在我面前**演戲**？看你剛才的反應，就知道你們是一伙的。快說！你們的貨在哪裏？」

「什麼貨……不就在這裏嗎？」殷大德指着放在紮營地那裏的小量貨物。

「這麼一丁點貨，騙得了誰？」山賊頭子暴喝一聲，命令手下：「把他綁在樹上，讓我來好好招呼他！」

幾名山賊只好照做，把殷大德綁在樹上，看他們的神情好像也很替殷大德着急，連連**壓低聲音**勸道：「你就坦白說出來吧，那三個人的下場你也是看到的。貨重要，還是命重要啊？」

殷大德心裏十分害怕，他當然知道命比貨更重要，可是他這次與某國**皇室**交易，是透過該國的軍閥作中間人，如果不能如期交貨，軍閥失信於皇室，必定會遷怒於殷大德，到時他也是**死路**一條，而且還很可能連累家人，所以殷大德絕不能說出貨物所在。

山賊頭子先用鞭打的方式逼供，殷大德忍着痛，什麼都不說。山賊頭子笑了笑，命人燒水，而他則在磨着一把極鋒利的刀。

殷大德看到三位伙計受酷刑的慘狀，心知不妙，驚叫起來：「大爺，我叫殷大德，我很有$錢$，我可以給你很多錢，請你放我走吧。」

「你打算給我們多少錢？」山賊頭子問。

殷大德想也不想就說：「我有多少就給你們多少，錢財失了可以再掙回來，但那批是軍頭的貨，不容有失，你們求$財$也不想惹麻煩吧？」

殷大德特意說出來，希望山賊們權衡利弊，會放過他。

雖然眾山賊都點頭認同，但他們的首領實在太貪婪、狂妄、好勝，忽然提着那壺已燒開的水，走向殷大德，說：「錢和貨我們都要！怎麼了？隨便編個故事就想嚇唬我？你太小看我了，讓我來**澆醒**你吧。」

山賊頭子正想提起水壺，將沸水往殷大德澆去時，突然聽到一聲暴喝：「***住手！***」

山賊頭子手上的水壺亦隨即被一塊小石頭擊射**破裂**，沸水瀉在地上，有部分還濺到山賊頭子的腿上。

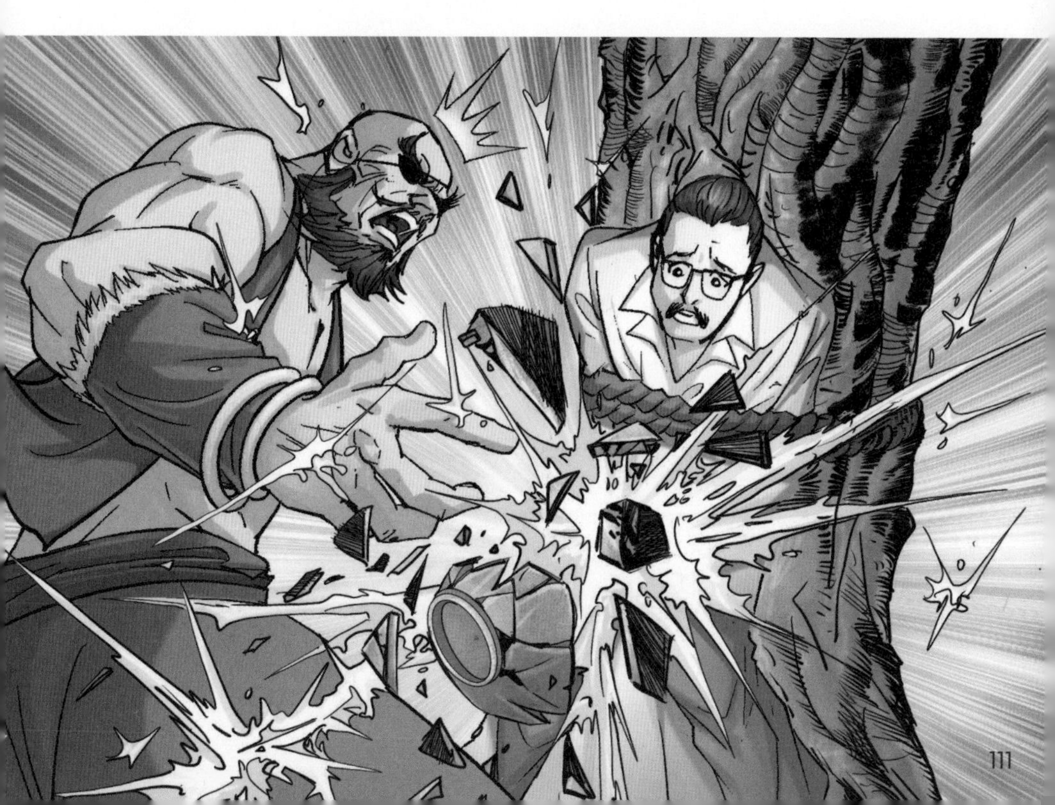

大家轉頭一看，原來剛好有一小隊人路過，為首的那個人步履穩健，身形高大，雙目有神，氣勢懾人，剛剛就是他出手擊破水壺，喝住了山賊頭子的行動。

殷大德形容那人身形極快，一下子已到了山賊頭子的面前，彼此怒目相視。

而那時在賊匪之中，有好幾十人忽然一起叫了起來：「陽光土司。」

那被稱作陽光土司的漢子，略抬了抬頭，看到發聲叫喊的人，都同時在向他行禮，有的拱手，有的鞠躬，有的是行苗人的禮節，他也向各人點了點頭。

有一點奇怪的是，據殷大德形容，當時陽光土司雖然威風凜凜，但所有人都能看出，他眉宇之間好像有着什麼極大的悲痛。

「陽光土司」在方圓千里的苗疆蠻荒之中，是一個大名鼎鼎、響噹噹的人物，一下子有人認出他的身分，不足為奇。而已經一隻腳踏進鬼門關的殷大德，雖然以前未見過陽光土司，但關於陽光土司處事公正、行俠仗義的種種傳言，他早有所聞，此刻立即呼救：「救命！救命！」

但山賊頭子自恃人多勢眾，怒喝道：「管你是陽光還是月亮，大伙一起上！」

誰知山賊們個個如同腳下生了根一樣，釘在地上，一動也不動，竟然沒有一個人聽他的命令。

山賊頭子老羞成怒，拿起衝鋒槍來，想擊斃陽光土司，但陽光土司動作之快，比豹子更甚，一抬腳就把對方手中的衝鋒槍踢得直飛向半空，然後迅即轉身，一肘撞向對方胸口，使其整個人直飛出懸崖去。

白素兄妹一聽，就知道那一招喚作「虎躍[illegible]」，一躍，一腳，轉身一肘，一氣呵成。能使出這一招來，不是白老大，還會是什麼人？

殷大德繼續敘述，當時山賊中有一大半人拋下武器，紛紛跪下來**請罪**，叫着：「陽光土司！陽光土司！」

陽光土司高舉雙手，令各人靜下來，又喝道：「起身，還不放人！」

立即有人為殷大德鬆綁，死裏逃生的殷大德跪在地上，正要向陽光土司**叩頭**的時候，陽光土司一把扶起他，說：「和你商量一件事。」

陽光土司仔細看了一遍現場的情況，又從殷大德口中得知一二後，便問殷大德：「**你帶了多少貨？**」

殷大德毫不隱瞞，把自己帶了什麼貨，數量多少，與何人交易等等，都告訴了陽光土司。

陽光土司頭腦極**精明**，聽了之後，馬上心中有數，知道這批貨的成本和利潤大概是多少，想了一想，便提議讓這些山賊一起護送貨物，完成交易後，扣除成本，利潤分三份，殷大德佔一份，山賊均分一份，餘下一份則給予那三位死去伙計的家屬。而這群山賊從此要***改邪歸正***，跟隨殷大德，互惠互利，把生意愈做愈大。

大家都對陽光土司的安排十分讚賞，無人有異議。

直到這時，殷大德才留意到隨陽光土司同行的那一小隊人，共有六男二女，全是一式的「三撮毛」**倮倮頭**，只不過女的頭上，那三撮頭髮長得多，且還有銀飾。

除此之外，他們還帶着一男一女兩個孩子，男的約莫兩歲大，頭髮也剃成了三撮毛；另一個女嬰卻是一頭**烏髮**，

眼睛還緊閉着。依照倮倮人的規矩，不論男女，出世三天之內，一定要把頭髮剃成三撮，這女嬰一頭烏髮，又不像剛誕生，顯然是才出世兩天。

敢在這種蠻荒之地，帶着小孩子**趕夜路**的，恐怕也只有陽光土司一人了。

殷大德那時感恩莫名，一見這情況，便忙道：「恩公，走夜路大人還好，小孩子難以提防蛇蟲鼠蟻，我這裏有一小截紫金藤，可給孩子**防身**。」

陽光土司沉聲道：「多謝了，兩個孩子身上都有，我要趕路了，再見。」

殷大德還想説些感激的話，可是陽光土司一揮手，已大踏步向前走去，那一隊人也跟在後面，一下子就轉過了彎角，只見火把的**光影**亂晃，再隔一會，就連火光也看不到了。

第十章

不可思議的烈火女

白素兄妹都認為那個陽光土司很可能是他們的父親，但白奇偉還是有些想不明白，問道：「這陽光土司究竟有什麼神通，令得人人**敬服**？他若不是當地土人，又如何當得上土司？」

殷大德説：「我在九死一生之中得他打救，自然對他充滿好奇，多加留意，我曾經搜集了不少有關他的資料，可以對你們説説。」

但白素突然想到：「等等，你說那隊伍之中有**兩個女人**，會不會其中一個就是我們的母親？」

殷大德略感詫異，「原來你們真的什麼也不知道？陽光土司的妻子，是倮倮族的**烈火女**，怎會是那兩個普通的女人。她們兩個身體壯健，我看是哺育你們的**奶媽**而已。」

白素兄妹聽了，更是訝異莫名，「什麼叫倮倮族的烈火女？」

白素對我說起這段經過的時候，歷時頗長，**斷斷續續**，

有時白奇偉也在。

當她講到她問殷大德，什麼叫做「烈火女」之際，她停了一停，向我望來。我知道，由於我剛才向她解釋了「陽光土司」和「三擻毛」，所以她想看看我是否也知道倮倮族的烈火女是什麼，若果是，她就不用詳細解釋了。

可是「烈火女」這一詞，我真是**聞所未聞**，所以我搖頭道：「不知道，那是什麼意思？是一個名銜？一種身分？」

「最簡單的説法，就是身體會冒出**火焰**來的女子。」白素説得真是太簡單了。

那時白奇偉也在，他看到我聽得一頭霧水的樣子，便説：「我來講解吧。倮倮人的人數不算少，散居各地，是苗疆中十分**團結**的一群，他們有的在湘西，有的在雲南，相隔千里，但語言都大致相同。而且，他們相互之間，一直都有着定期信使的聯繫。這是十分好的制度，使得為數接近十萬的傈傈人十分團結，其他民族也不會和他們作對，所以傈傈人的聚居地平安豐盛，可稱是世外桃源。」

白素説得過於簡單，白奇偉卻講得相當複雜，長篇大論還沒提到烈火女是什麼，但我也只好耐心地聽下去。

白奇偉繼續講解：「散居各地的傈傈人，平時不斷有信使來往的主要原因，除了一般性質的聯絡之外，還有一項十分重要的任務，就是維持他們三年一度舉行的烈火女誕生大會。」

白奇偉的敘述，大多是來自他們那次見殷大德的時候，殷大德提供的資料，當時殷大德一説到有不明白處，就叫那小個子保鏢過來問。

那小個子捧着一碗**酒**，一小口一小口地喝，神情欣喜莫名，他剃着「三撮毛」的髮式，自然是倮倮人，殷大德還說他的地位相當高，是一個有幾千人大族中的**巫師**。苗疆各族之中，巫蠱盛行，巫師和蠱師的地位往往比族長更高。

至於那小個子的一身武功是怎麼來的，殷大德也不知道，那又是另外一個故事了，當時白素兄妹自然也沒有空追問其他。

那小個子是倮倮人，自然對倮倮族的**風俗習慣**十分熟悉。那個三年一度的大會，經過殷大德的翻譯後，正式的名稱相當長，是「天降烈火女給倮倮人的大聚會」。

大聚會的人數不限，可以來參加的都會來，這「烈火女的產生」當然有着極濃厚的**宗教色彩**，可以想像，參加這種聚會，對倮倮人來説，和回教徒一生都希望有一次麥加朝聖差不多。所以當小個子説他曾參加過三次這樣的聚會時，他神情極興奮**自傲**。

每次參加這聚會的倮倮人，數目都超過三萬以上，堪稱是三年一度苗疆的**大盛事**。日期是固定的，在三月初一到三月十五，地點也是固定的，是一個山巒之上的大石坪，那大石坪在一座危崖之上，足以容納四萬人而不擁擠，是大自然的**奇蹟**。

會期雖然是在三月初一開始，但有的倮倮人住得遠，交通又不方便，所以要提早出發，有些甚至早在半年之前就起行，途經之處，不免會提及這個聚會。

倮倮人生性坦率，不隱瞞，也不禁止其他各族來參加觀看，只是外族人不能**踏足**那個石坪，必須在那個大石坪周圍的山峰上遠觀。然而雖然是遠觀，到了最後一天，奇事發生的時候，由於正是三月十五，**皓月**當空，在石坪上發生的一切，還是可以看得清清楚楚。

各族都知道倮倮人有這樣的聚會，也知道在聚會中會產生烈火女，而且過程十分**怪異**，所以都聞風而來。每次臨場觀看的，也有上萬人，尤以各族的青年男子為多。

因為這個大聚會有一個規矩，就是那一年所有年屆**十五歲**的倮倮族少女，都必須參加。

當白奇偉說到這裏的時候，我總算明白了一點：所謂烈火女，必然是在參加聚會的那些十五歲少女之中所產生的。

但是如何產生，我還是不知道。

這時候，緊靠着我的白素，在我身邊嘆了一聲：「過程很**殘忍**，聽得我全身發抖。」

我向她揚了揚眉，一時之間也無法領會她所說的情況。

白奇偉繼續再說下去。

聚會的真正**高潮**部分，是最後一晚，之所以在初一就開始，只是為免路途遙遠的參加者趕不及，便預留了十四天時間作緩衝。因為產生一個新的烈火女，對倮倮人來說是十分重要的事。烈火女是倮倮人精神凝聚的中心，地位接近**神**。倮倮人的強悍，遠不如其餘各族，可是各族不敢欺負他們，原因就是因為大家都知道有烈火女在。

因為烈火女的產生過程，令所有目睹的人，都相信是**神蹟**。

開始的十四天，自然是大吃大喝，唱歌跳舞，那是苗疆中各樣聚會的典型形式。所有十五歲的少女，都打扮得又隆重又好看；來自各地的倮倮人，都把自己準備了三年最好的食物和最好的酒拿出來，互相**分享**。

一直狂歡到三月十五，該在場的人都齊集了，晚上皓月當空，等月亮升到了一定的高度——照那小個子的比劃，大約是升至**六十度角**左右，正式的典禮就開始了。

上一屆的烈火女，會持着一個巨型的**火把**走出來，其時，聚集在石坪上的人再多，也是人人屏住了氣息，一聲不響。

在石坪之旁，各個山峰上看熱鬧的人，也一樣保持寂靜，絕不敢得罪神明。

手持火把的烈火女，來到了一堆**乾柴**之前，用火把點燃了柴堆，然後她就從容地跨進去，用傳統規定的姿勢，坐在烈火之上。

當白素和白奇偉向我敘述到這一點時，我驚訝得一句話也說不出來，因為照他們所說的來推測，那個坐在火堆上的女孩，自然**必死無疑**。

但令我極度震驚的主要原因，是殷大德已説過，陽光土司的妻子是烈火女，換句話説，白素兄妹的母親便是烈火女，難道她就是在這樣殘忍的習俗中，被活生生地**燒死**了？（待續）

案件調查輔助檔案

機緣巧合

這個女野人是我和白素早前去苗疆，在**機緣巧合**下救了溫寶裕時所發現的。

意思：指事情非常的湊巧。

相見恨晚

我和溫寶裕在降頭之國歷險時，白素曾與著名的女俠木蘭花有過接觸，討論過一些事，但一直絕口不提她們的談話內容，只是不否認曾和木蘭花交談過，並大讚木蘭花十分精彩，**相見恨晚**。

意思：遺憾認識得太晚。

字正腔圓

的確，紅綾學說話相當快，幾段影片下來，她已經可以**字正腔圓**地說「眼睛」、「耳朵」、「鼻子」等等。

意思：形容說話時咬字清晰，發音正確。

孤軍作戰

溫寶裕和胡說離開後，我便要**孤軍作戰**，獨自應付那餘下的二千九百多條影片。

意思：比喻一個人單獨奮鬥。

游刃有餘

由於大部分影片不是經常有對白，所以即使四格同時播放，聲音重疊的情況也不嚴重，我甚至將各組影片的播放速度加快兩倍，依然應付得**游刃有餘**。

意思：比喻對於事情能勝任愉快，從容不迫。

脫胎換骨

不過到了最後階段，紅綾身上的皮膚漸漸變成了正常的顏色，她簡直是**脫胎換骨**，完全變回一個正常人了。

意思：比喻徹底改變。

欲語還休

白素聽到我這句話時，突然顯得有點尷尬，**欲語還休**的樣子。

意思：想說卻又不能決定要不要說的樣子。

炯炯有神

一雙眼睛**炯炯有神**，看起來聰敏慧黠。

意思：形容目光明亮而有精神。

弦外之音

我向白素望去，總覺得她這句話好像有什麼**弦外之音**，可是白素沒有進一步説明。

意思：比喻言外之意。

聲色俱厲

白老大責備得**聲色俱厲**，以為再罵上幾句，就可以把事情終結。

意思：説話時的聲音和臉色都很嚴肅。

順水推舟

我不禁懷疑，這一切就算不是白老大的刻意安排，他至少也添油加醋、**順水推舟**，讓自己可以蒙混過去。

意思：比喻順應情勢行事。

油盡燈枯

紫金藤上有一種黏液分泌，能將有毒的生物黏住，將其身上的毒素吸收殆盡，然後那有毒的生物便會**油盡燈枯**，屍體墜落。

意思：比喻生命即將結束。

衛斯理系列少年版 20

探險（上）

作　　者：衛斯理（倪匡）
文字整理：耿啟文
繪　　畫：鄺志德
責任編輯：陳珈悠　朱寶儀
封面及美術設計：BeHi The Scene
出　　版：明窗出版社
發　　行：明報出版社有限公司
香港柴灣嘉業街 18 號
明報工業中心 A 座 15 樓
電　　話：2595 3215
傳　　真：2898 2646
網　　址：http://books.mingpao.com/
電子郵箱：mpp@mingpao.com
版　　次：二〇二一年十月初版
I S B N：978-988-8688-10-4
承　　印：美雅印刷製本有限公司